剪一剪，聽一聽，利用字卡玩遊戲！

拆分音節╳找出母音╳認得長相╳記住聲音

學習單字so easy！

學習有捷徑
夢想最接近

前言

我們夫妻倆從小就特別會記單字,所以常有爸爸媽媽問我們:

・記單字的秘訣是什麼?
・如何讓孩子背單字?

其實,我們從來不背單字。葳姐是靠大量閱讀記住單字的長相,老公忠哥則是喜歡看電影和收聽英文廣播來記住單字的聲音。

這些年來,我們一直思索如何讓孩子不要硬背單字而是記住單字。之前看著孩子在補習班時,背單字很辛苦卻又記不住,所以我們這一兩年來發展了這套獨創的「字卡懶人單字學習法」,讓孩子懂得拆分音節、分段記憶、認得長相、記住聲音。我們發覺孩子的學習效果非常好,日子久了孩子自然而然就把單字記住,而且能夠很快速把單字拼出來,也不容易忘記。

如今,姐姐和弟弟已經熟悉這國中小基本1200單字,這些單字不但可以作為未來國中會考的基礎,豐富的單字量也對於大量閱讀吸收知識,並且進一步練習寫作有很大的幫助。

這套國中小1200單字字卡的主要特色如下:

獨創分音節分段記憶: 我們參考音節規則,並略作修改,以符合單字讀音的最佳方式。本書字卡用圓點區分音節,讓孩子能夠聽音、看字、分段記憶,記住了就不容易忘。這就和我們記憶電話號碼或是身份證字號一樣,分段記憶是最有效的方法。

重複記憶法： 每個單字都有分音節的音節點，可幫孩子記住長相。書中獨家單字MP3錄音檔，先是兩遍分音節的讀音，再來兩遍分音節的拼字，最後再來一遍單字的讀音，可讓孩子透過單字的形狀及聲音不斷練習，幫助記憶。

懶人休閒練功法： 此外，我們獨特的MP3設計就是仿照唸經洗腦！唸久了不管多難多拗口的經文都記得住，所以利用本書MP3，讓孩子日日聽、隨時聽，不知不覺將每個單字滲透到孩子的腦袋中。這本書長達5個小時左右的錄音就是國中小1200字的經文，透過分音節及重複朗讀的設計，爸爸媽媽可以利用起床吃早餐、在車上、上大號、喝下午茶，還有睡覺前的空閒零碎時間無痛學習，每次十到二十分鐘，只要每天聽並大聲唸出來，三個月後一定會看到孩子在單字上的突發猛進！

懶人遊戲使用法： 身為父母的我們都知道，要孩子乖乖坐著讀英文是很大的挑戰。這本書的字卡設計就是讓爸媽可以和孩子一起把字卡剪下來，在日常生活中玩單字遊戲，爸媽把中文解答遮住，讓孩子看著單字聽著聲音來練習。

　　這本書能夠順利完成，我們還要感謝大女兒，今年小五的李厚恩（Angel）幫忙，她在我們無痛單字學習法的教育下，已經能夠很輕鬆的分音節和拼字。這次利用暑假的時間，Angel不但協助校對這本書的英文單字，還幫忙聽特別需要耐心與高度專注力的錄音音節校對，並細心地幫我們一一抓出錯誤修正。

　　只要方法對，學習時間夠，孩子的單字能力都能大幅進步。
　　希望這本書能幫您的孩子踏出單字學習成功的第一步。還有，關於完整的單字記憶學習法，請參考我們另一本《孩子，英文單字好簡單（學習技巧篇）》，讓孩子的單字學習脫胎換骨，突飛猛進！

李存忠　周昱葳

字卡書使用說明

1 本字卡書以幫助孩子有效記憶為最高指導原則，使用類似以記憶身份證或是電話號碼的「拆分長數字」的觀念來將單字拆分音節（小圓點分隔），讓孩子聽聲辨字，能夠更系統化學習。

2 本字卡書是以參考自然發音法(Phonics)，美國小學教育色彩母音圖(Color vowel chart)及音節(Syllable)的基本精神來設計，並作適當調整，發音母音會以紅色字體表示，音節會以小圓點隔開，用視覺設計以符合孩子的學習習慣。

3 本字卡書建議：中大班到小四（5～10歲）的孩子由父母一起共讀學習，小四以上至國三（10～16歲）的孩子則可自己讀，父母在旁支持陪讀，不斷重複「聽」「說」每個單字就可以發揮最大的效果。

4 本字卡書的母音及音節標示完全不用死記，標示方法都以孩子最有效單字記憶為原則，不用死背，不斷練習即可。

5 本字卡書的音節區隔，原則上以常用音節區隔規則來標記。在考慮孩子單字記憶的效果，在兩個母音共享一個子音（輔音）的情況下會略做調整，將子音（輔音）分配到後音節，以利於孩子更清楚辨識出子音，而有效地聽聲拼字，比如說stud•y，會調整為stu•dy，Sat•ur•day會調整為Sa•tur•day，na•tion•al會調整為na•tio•nal，weath•er會調整為wea•ther。

6 兩個相同連續子音部分只發一個子音，在考慮音節區隔原則及單字有效記憶情況下，會將其拆開成前後分屬於不同音節。比方說，happen會標示為hap•pen，happy會標示為hap•py，而yellow會標示為yel•low。

7 由於英文自然發音下有許多例外，聽聲辨字無法做到百分之百正確。但是達到八九成以上準確率，再透過音節記憶後，孩子稍微調整拼字後，就很容易透過聲音及字形把單字記起來了。

❽ 學習如何數音節後，本字卡書就可以充分運用記憶單字。

數音節的時候：

第一先找出單母音或雙母音字母（標記紅字）。

第二是找到前面依靠母音字母的子音字母。

第三再把沒有依靠的子音字母去依靠最近的母音字母，沒有子音字母來依靠的母音字母則單獨形成一個音節。

這樣數音節就完成了！（請參考下面如何數音節的詳細說明！）

建立音節概念

　　在英文單字裡，每一個單字會由一個到數個音節來組成，每個音節中會有一個母音＋幾個子音字母。

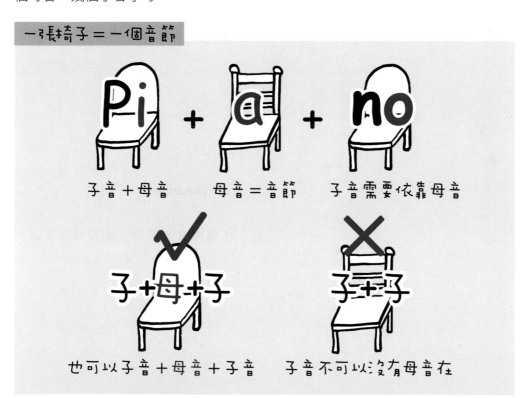

一張椅子＝一個音節

Pi ＋ @ ＋ no

子音＋母音　　母音＝音節　　子音需要依靠母音

子＋母＋子

✓

也可以子音＋母音＋子音

子＋子

✗

子音不可以沒有母音在

　　中文和英文不同的地方就在於：中文每個字只有一個音節（就是一個字只有一個母音），而英文單字則有一個到數個音節不等。為了有效地記憶英文單字，就要區隔子音和母音的差別，然後掌握母音的位置和發音來記憶音節，這樣來協助記憶單字就容易多了。

　　若是我們觀察諧音的記憶法，其實就是利用每個音節的發音模擬成中文發音來學習的。當然，英文的單字發音和德文不同，不是用字母來作為發音。所以聽聲音和音節來拼字時，不見得會完全正確。但是不用擔心，雖不中不遠矣，孩子可以在根據實際單字發音再做修正，尋求正確的拼字法。所以我們會告訴孩子，將單字的「長相」（拼法）和自然發音結合在一起看單字，也就是在熟悉單字相貌（拼寫方式）的時候，也要特別看看這個單字裡有幾個音節。辨認音節的方法很簡單，就是看到單字裡單獨出現的母音字母a、e、i、o、u或（y）有幾個，或是兩到三個組合的母音字母（比如說au、ou、ue……）有幾組。要特別注意的是，連接在一起的兩個母音字母，只能算成一組發音，不能算作兩個喔。

　　所以一開始分辨單字音節的時候，我們會帶著孩子把單字的母音用底線標起來，特別是兩個母音連音的部分。這樣的練習持續一陣子後，不用畫底標孩子都可以知道怎麼分音節了。熟悉這個原則後，孩子可以分成音節來記憶單字，每個音節才幾個字母，比一次記憶整個單字十幾個字母要容易多了。這就像我們記憶身份證字號，或是電話號碼一樣，會拆成三到四組數字記憶一樣。而且對於音節熟悉後，孩子對於重音的掌握也會比較好，還有孩子在學習文法比較級的時候，也會知道何時要用more（多音節）及何時要用er（單音節）了！更多關於音節學習的方法觀念及應用技巧，請參考我們的另一本書《孩子，英文單字好簡單（學習技巧篇）》。

三個音節

在開始用字卡前，先來練習數音節！

　　本字卡書的單字記憶關鍵在於「**用音節分段記憶**」，如何辨識音節及母音字母（包括單母音及雙母音），對於學習自然發音法是很重要的關鍵。在開始使用本書字卡之前，請爸爸媽媽帶著孩子一起練習以下的題目，找出單字中有哪幾個音節以及哪幾個母音。藉由這些題目，可以讓孩子先學會如何數音節與找母音，接下來再使用後面的1200單字字卡，一邊聽著外師依照音節唸讀，一邊記憶單字，培養孩子單字拼寫與唸讀能力，掌握學習單字的訣竅。（以下題目之解答請見p.008）

> ★小提醒：請注意，母音e在字尾通常不發音哦！

題號	題目	音節作答區 （請找出題目單字有幾個音節，並用圓點隔開）	母音字母作答區 （請找出題目單字的單母音及雙母音）
範例	about ① ②	a•bout → 2個音節	單母音：a 雙母音：ou
❶	afternoon	→＿＿個音節	單母音： 雙母音：
❷	actress	→＿＿個音節	單母音：
❸	few	→＿＿個音節	雙母音：
❹	airplane	→＿＿個音節	雙母音： 單母音：
❺	apartment	→＿＿個音節	單母音：
❻	badminton	→＿＿個音節	單母音：

7	business	→____個音節	單母音：
8	centimeter	→____個音節	單母音：
9	chopsticks	→____個音節	單母音：
10	coffee	→____個音節	單母音： 雙母音：
11	convenient	→____個音節	單母音：
12	cook	→____個音節	雙母音：
13	cow	→____個音節	雙母音：
14	dream	→____個音節	雙母音：
15	dumpling	→____個音節	單母音：

　　當孩子能夠正確無誤辨識出以上單字的音節數與母音分布時，就可以更加活用本字卡書的運用囉～

題號	題目	音節作答區 （請找出題目單字有幾個音節，並用圓點隔開）	母音字母作答區 （請找出題目單字的單母音及雙母音）
1	afternoon	af•ter•noon →3個音節	單母音：a、e(r) 雙母音：oo
2	actress	ac•tress →2個音節	單母音：a、e

3	few	few →1個音節	雙母音：ew
4	airplane	air•plane →2個音節	雙母音：ai 單母音：a
5	apartment	a•part•ment →3個音節	單母音：a、e
6	badminton	bad•min•ton →3個音節	單母音：a、i、o
7	business	busi•ness →2個音節	單母音：u、e
8	centimeter	cen•ti•me•ter →4個音節	單母音：e、i、e(r)
9	chopsticks	chop•sticks →2個音節	單母音：o、i
10	coffee	cof•fee → 2個音節	單母音：o 雙母音：ee
11	convenient	con•ve•ni•ent →4個音節	單母音：o、e、i
12	cook	cook →1個音節	雙母音：oo
13	cow	cow →1個音節	雙母音：ow
14	dream	dream → 1個音節	雙母音：ea
15	dumpling	dum•pling →2個音節	單母音：u、i

原來如此 系列 E172

第一本親子英文單字書：
孩子，英文單字好簡單（字卡應用篇）！

用最有效的方法讓孩子愛上英文，從此開口大聲說！

作　　　者	李存忠、周昱葳（葳姐）◎合著
顧　　　問	曾文旭
總 編 輯	王毓芳
編輯統籌	耿文國、黃璽宇
主　　　編	吳靜宜、姜怡安
執行編輯	李念茨
美術編輯	王桂芳、張嘉容
英文校對	李厚恩（Angel）
封面設計	阿作
法律顧問	北辰著作權事務所　蕭雄淋律師、幸秋妙律師

初　　　版	2017 年 09 月初版 2019 年再版三刷
出　　　版	捷徑文化出版事業有限公司
電　　　話	（02）2752-5618
傳　　　真	（02）2752-5619
地　　　址	106 台北市大安區忠孝東路四段 250 號 11 樓 -1

定　　　價	新台幣 349 元／港幣 116 元
產品內容	1 書

總 經 銷	采舍國際有限公司
地　　　址	235 新北市中和區中山路二段 366 巷 10 號 3 樓
電　　　話	（02）8245-8786
傳　　　真	（02）8245-8718

港澳地區總經銷	和平圖書有限公司
地　　　址	香港柴灣嘉業街 12 號百樂門大廈 17 樓
電　　　話	（852）2804-6687
傳　　　真	（852）2804-6409

＊本書圖片由 Shutterstock 提供

捷徑 Book 站

現在就上臉書（FACEBOOK）「捷徑BOOK站」並按讚加入粉絲團，
就可享每月不定期新書資訊和粉絲專享小禮物喔！

http://www.facebook.com/royalroadbooks
讀者來函：royalroadbooks@gmail.com

國家圖書館出版品預行編目資料

第一本親子英文單字書：孩子，英文單字好簡單（字
卡應用篇）／李存忠、周昱葳（葳姐）合著 . – 初版 .
-- 臺北市：捷徑文化，2017.09
　　面；　公分（原來如此：E172）

ISBN 978-986-95276-0-6（平裝）

1. 英語　2. 詞彙

805.12　　　　　　　　　　　106013686

🎧 *track 0001*

a

一（個）

🎧 *track 0009*

a·cross

在……對面

🎧 *track 0003*

a lit·tle

一些

🎧 *track 0011*

a·fraid

害怕的

🎧 *track 0005*

a·ble

能夠……的

🎧 *track 0013*

af·ter·noon

下午

🎧 *track 0007*

a·bove

在……上方

🎧 *track 0015*

age

年齡

🎧 *track 0010*

ac·tress

女演員

🎧 *track 0002*

a few

一些

🎧 *track 0012*

af·ter

在……之後

🎧 *track 0004*

a lot

許多

🎧 *track 0014*

a·gain

再一次

🎧 *track 0006*

a·bout

關於

🎧 *track 0016*

a·go

以前

🎧 *track 0008*

a·broad

在國外

a·gree

同意

al·rea·dy

已經

air

空氣

al·ways

總是

air·port

機場

A·me·ri·ca

美國

al·most

幾乎

and

和

al·so

也

a·head

在前方

a.m.

上午

air·plane

飛機

A·me·ri·can

美國的

all

全部

an·gry

生氣的

a·long

沿著

a·ni·mal

動物

ap·pear

出現

an·swer

回答

A·pril

四月

a·ny

任何的

a·round

在……四周

a·ny·thing

任何事物

art

美術

🎧 *track 0042*

ap·ple

蘋果

🎧 *track 0034*

a·no·ther

另一個

🎧 *track 0044*

arm

手臂

🎧 *track 0036*

ant

螞蟻

🎧 *track 0046*

ar·rive

到達

🎧 *track 0038*

a·ny·one

任何人

🎧 *track 0048*

as

與……一樣

🎧 *track 0040*

a·part·ment

公寓

ask

問

bad

壞的

Au·gust

八月

bag

袋子

au·tumn

秋天

ba·ke·ry

麵包店

ba·by

嬰兒

ball

球

🎧 *track 0058*

bad·min·ton

羽毛球

🎧 *track 0050*

at

在

🎧 *track 0060*

bake

烘烤

🎧 *track 0052*

aunt

伯（叔）母

🎧 *track 0062*

bal·co·ny

陽台

🎧 *track 0054*

a·way

遠離

🎧 *track 0064*

ba·na·na

香蕉

🎧 *track 0056*

back

背後

band

樂團

bath·room

浴室

bar·be·cue

烤肉

beach

海灘

bas·ket

籃子

bear

熊

bat

蝙蝠

be·cause

因為

be

是

bank

銀行

bean

豆

base·ball

棒球

beau·ti·ful

美麗的

bas·ket·ball

籃球

be·come

變成

bath

洗澡

bed

床

bell

鈴

bee

蜜蜂

be·low

在……下方

be·fore

在……之前

bench

長椅

be·hind

在……後面

be·tween

在……之間

be·long

屬於

bed·room

臥室

belt

皮帶

beef

牛肉

be·side

在……旁邊

be·gin

開始

bike

腳踏車

be·lieve

相信

big

大的

block

街區

birth·day

生日

blue

藍色（的）

black

黑色（的）

bo·dy

身體

blan·ket

毯子

book

書

blow

吹

bird

鳥

boat

船

bite

咬

boil

煮沸

black·board

黑板

book·store

書店

blind

瞎的

🎧 *track 0113*

bored

感到厭煩的

🎧 *track 0121*

bow

敬禮

🎧 *track 0115*

born

出生

🎧 *track 0123*

box

盒子

🎧 *track 0117*

boss

老板

🎧 *track 0125*

bread

麵包

🎧 *track 0119*

bot·tle

瓶子

🎧 *track 0127*

break·fast

早餐

track 0122

bowl

碗

🎧 *track 0114*

bo·ring

無聊的

🎧 *track 0124*

boy

男孩

🎧 *track 0116*

bor·row

借入

🎧 *track 0126*

break

打破

🎧 *track 0118*

both

兩者都

🎧 *track 0128*

bridge

橋

🎧 *track 0120*

bot·tom

底部

track 0129

bright

明亮的

track 0137

burn

燃燒

track 0131

bro·ther

兄弟

track 0139

busi·ness

生意

track 0133

brush

刷

track 0141

bu·sy

忙碌的

track 0135

build

建造

track 0143

but·ter

奶油

bus

公車

bring

帶來

busi·ness·man

商人

brown

褐色（的）

but

但是

bug

小蟲

but·ter·fly

蝴蝶

bun

小圓麵包

buy

track 0145

買

can·dle

track 0153

蠟燭

cage

track 0147

籠子

cap

track 0155

（無邊便）帽

call

track 0149

打電話

card

track 0157

卡片

camp

track 0151

露營

care·ful

track 0159

仔細的

can·dy

糖果

by

藉著

car

車子

cake

蛋糕

care

關心

ca·me·ra

照相機

car·ry

攜帶

can

能夠

case

情形

cen·ti·me·ter

公分

cat

貓

chalk

粉筆

ce·le·brate

慶祝

change

零錢

cent

（一）分錢

cheat

欺騙

track 0170

chair

椅子

track 0162

ca·stle

城堡

track 0172

chance

機會

track 0164

catch

趕上

track 0174

cheap

便宜的

track 0166

cell phone

手機

track 0176

check

檢查

track 0168

cen·ter

中心

cheer

歡呼

choose

選擇

chess

西洋棋

Christ·mas

聖誕節

child

小孩

cir·cle

圓圈

Chi·nese

中文

clap

拍手

🎧 *track 0186*

chop·sticks

筷子

🎧 *track 0178*

cheese

乳酪

🎧 *track 0188*

church

教堂

🎧 *track 0180*

chi·cken

雞肉

🎧 *track 0190*

ci·ty

城市

🎧 *track 0182*

Chi·na

中國

🎧 *track 0192*

class

班級

🎧 *track 0184*

cho·co·late

巧克力

class·mate

同班同學

clothes

衣服

clean

打掃

club

社團

clerk

店員

cof·fee

咖啡

clock

時鐘

cold

寒冷的

clou·dy

多雲的

class·room

教室

coat

大衣

clear

清楚的

Coke

可樂

climb

爬

col·lect

收集

close

關上

co·lor

色彩

cook

煮飯

comb

梳子

cool

涼爽的

co·mic

連環畫的

cor·ner

角落

com·pu·ter

電腦

cost

價值

coo·kie

餅乾

come

來

co·py

抄寫

com·for·ta·ble

舒適的

cor·rect

正確的

com·mon

共同的

couch

沙發

con·ve·nient

方便的

count

數

cross

越過

course

課程

cup

茶杯

co·ver

覆蓋

cute

可愛的

cow·boy

牛仔

dan·ge·rous

危險的

cry

哭

coun·try

鄉村

cut

切

cou·sin

（表）兄弟姊妹

dance

跳舞

cow

母牛

dark

黑暗的

cra·zy

瘋狂的

date

日期

den·tist

牙醫

day

日子

desk

書桌

dear

親愛的

die

死亡

de·cide

決定

dif·fi·cult

困難的

de·part·ment store

百貨公司

daugh·ter

女兒

dic·tio·na·ry

字典

dead

死的

dif·fe·rent

不同的

De·cem·ber

十二月

dig

挖掘

de·li·cious

美味的

di·ning room

飯廳

doll

洋娃娃

dir·ty

骯髒的

door

門

do

做

down

向下

dodge ball

躲避球

dra·gon

龍

dol·lar

元

din·ner

晚餐

dot

點

dish

盤子

do·zen

一打

doc·tor

醫生

draw

畫

dog

狗

draw·er

抽屜

dry

乾的

dress

洋裝

dump·ling

湯圓，餃，糰

drive

駕駛

each

每一

drop

掉落

ear·ly

早的

track 0282

duck

鴨

track 0274

dream

做夢

track 0284

du·ring

在……期間

track 0276

drink

喝

track 0286

ear

耳朵

track 0278

dri·ver

駕駛者

track 0288

earth

地球

track 0280

drum

鼓

east

東方

eigh·ty

八十

ea·sy

容易的

e·le·men·ta·ry school

小學

egg

蛋

e·le·ven

十一

eigh·teen

十八

else

其他的

ei·ther

也不

Eas·ter

復活節

e·le·phant

大象

eat

吃

e·le·venth

第十一

eight

八

e·mail

電子郵件

eighth

第八

end

🎧 *track 0305*

結束

eve

🎧 *track 0313*

前夕

Eng·lish

🎧 *track 0307*

英語

e·ve·ning

🎧 *track 0315*

傍晚

e·nough

🎧 *track 0309*

足夠的

eve·ry

🎧 *track 0317*

每一個

en·ve·lope

🎧 *track 0311*

信封

eve·ry·thing

🎧 *track 0319*

每件事

🎧 *track 0314*

e·ven

甚至

🎧 *track 0306*

en·gi·neer

工程師

🎧 *track 0316*

e·ver

曾經

🎧 *track 0308*

en·joy

喜愛

🎧 *track 0318*

eve·ry·one

每一個人

🎧 *track 0310*

en·ter

進入

🎧 *track 0320*

ex·am·ple

例子

🎧 *track 0312*

e·ra·ser

橡皮擦

ex·cel·lent

極好的

eye

眼睛

ex·ci·ted

感興奮的

fact

事實

ex·cuse

原諒

fail

失敗

ex·pen·sive

昂貴的

fa·mi·ly

家庭

face

臉孔

ex·cept

除了……之外

fac·to·ry

工廠

ex·ci·ting

令人興奮的

fall

秋天

ex·er·cise

運動

fa·mous

有名的

ex·pe·ri·ence

經驗

fan

迷，風扇

Feb·ru·a·ry

二月

farm

農田

feel

覺得

fast

快的

fe·ver

發燒

fa·ther

父親

fif·teen

十五

feed

餿

far

遠的

fes·ti·val

節慶

far·mer

農夫

few

少數的

fat

胖的

fif·teenth

第十五

fa·vo·rite

最喜愛的

fifth

第五

fi·nish

完成

fight

打架

first

第一

fi·nal·ly

最後

fi·sher·man

漁夫

fine

很好的

fix

修理

fire

火

fif·ty

五十

fish

魚

fill

裝滿

five

五

find

找到

floor

地板

fin·ger

手指

flow·er

花朵

fo·reig·ner

外國人

fly

飛

fork

叉子

food

食物

four

四

for

為了

four·teenth

第十四

for·get

忘記

flute

笛

for·ty

四十

fol·low

遵循

four·teen

十四

foot

腳

fourth

第四

fo·reign

外國的

fox

狐狸

frog

蛙

French fries

薯條

front

前面

Fri·day

星期五

fry

油炸

friend·ly

友善的

fun

樂趣

from

從

free

空閒的

fruit

水果

fresh

新鮮的

full

滿的

friend

朋友

fun·ny

好笑的

fris·bee

飛盤

fu·ture

未來

gi·ant

巨大的／巨人

gar·bage

垃圾

girl

女孩

gas

瓦斯

glad

高興的

get

得到

gla·sses

眼鏡

🎧 *track 0410*

gift

禮物

🎧 *track 0402*

game

比賽

🎧 *track 0412*

give

給予

🎧 *track 0404*

gar·den

花園

🎧 *track 0414*

glass

玻璃杯

🎧 *track 0406*

gate

大門

🎧 *track 0416*

glove

手套

🎧 *track 0408*

ghost

鬼

glue

膠水

grand·fa·ther

祖父

goat

山羊

grape

葡萄

good·bye

再見

gray

灰色的

grade

成績

green

綠色（的）

🎧 *track 0426*

grand·mo·ther

祖母

🎧 *track 0418*

go

去

🎧 *track 0428*

grass

草

🎧 *track 0420*

good

好的

🎧 *track 0430*

great

很棒的

🎧 *track 0422*

goose

鵝

🎧 *track 0432*

ground

地面

🎧 *track 0424*

gram

公克

group

track 0433

團體

hair

track 0441

頭髮

gua·va

track 0435

番石榴

Hal·lo·ween

track 0443

萬聖節

gui·tar

track 0437

吉他

ham·bur·ger

track 0445

漢堡

gym

track 0439

體育館

hand·some

track 0447

英俊的

half

一半

grow

種植

ham

火腿

guess

猜想

hand

手

guy

傢伙

hang

懸掛

ha·bit

習慣

hap·pen

發生

head

頭

hard

困難的

health

健康

hat

帽子

hear

聽

have

有

heat

熱

track 0458

head·ache

頭痛

track 0450

hap·py

快樂的

track 0460

heal·thy

健康的

track 0452

hard·wor·king

努力工作的

 track 0462

heart

心

track 0454

hate

討厭

track 0464

hea·vy

重的

track 0456

he

他

hel·lo

喂

high

高的

help·ful

有幫助的

hill

小山

here

這裡

his·to·ry

歷史

hi

嗨

hob·by

嗜好

hike

徒步旅行

help

幫忙

hip·po

河馬

hen

母雞

hit

打擊

hey

嘿

hold

拿著

hide

隱藏

ho·li·day

假日

hos·pi·tal

醫院

home·work

家庭作業

hot dog

熱狗

ho·ney

蜂蜜

hour

小時

hope

希望

house·wife

家庭主婦

hot

熱的

home

家

ho·tel

旅社

ho·nest

誠實的

house

房屋

hop

（單腳）跳

how

如何

horse

馬

how·e·ver

然而

ice

冰

hun·gry

飢餓的

i·de·a

主意

hur·ry

趕忙

im·por·tant

重要的

hus·band

丈夫

in·sect

昆蟲

ice cream

冰淇淋

hun·dred

百

if

如果

hunt

打獵

in

在……裡面

hurt

受傷

in·side

在……內部

I

我

in·te·rest

track 0513

使感興趣

it

track 0521

它

in·te·res·ting

track 0515

有趣的

Ja·nu·a·ry

track 0523

一月

In·ter·net

track 0517

網路

job

track 0525

工作

in·vite

track 0519

邀請

join

track 0527

加入

track 0522

ja·cket

夾克

track 0514

in·te·res·ted

感興趣的

track 0524

jeans

牛仔褲

track 0516

in·ter·view

訪問

track 0526

jog

慢跑

track 0518

in·to

到……之內

track 0528

joy

歡樂

track 0520

is·land

島嶼

juice

track 0529

果汁

key

track 0537

鑰匙

jump

track 0531

跳躍

kid

track 0539

小孩

ju·nior high school

track 0533

國中

ki·lo

track 0541

公斤

kan·ga·roo

track 0535

袋鼠

king

track 0543

國王

kick

踢

Ju·ly

七月

kill

殺

June

六月

kind

種類

just

只是

kiss

吻

keep

保持

kit·chen

廚房

lake

湖

knee

膝蓋

land

土地

knock

敲

lan·tern

燈籠

know·ledge

知識

last

最後的

track 0554

lamp

燈

track 0546

kite

風箏

track 0556

lan·guage

語言

track 0548

knife

刀子

track 0558

large

大的

track 0550

know

知道

track 0560

late

晚的

track 0552

ko·a·la

無尾熊

la·ter

較晚

leave

離開

law·yer

律師

leg

腿

lead

引導

lend

借出

learn

學習

les·son

課

track 0570

left

左邊

 *track 0562*

laugh

笑

track 0572

le·mon

檸檬

track 0564

la·zy

懶惰的

track 0574

less

較少的

track 0566

lea·der

領導者

track 0576

let

讓

track 0568

least

最少

let·ter

信

line

隊伍

li·bra·ry

圖書館

lip

嘴唇

lie

說謊

li·sten

聽

light

燈

live

住

li·on

獅子

let·tuce

萵苣

list

表

lid

蓋子

lit·tle

小的

life

生活

li·ving room

客廳

like

喜歡

lone·ly

寂寞的

lu·cky

幸運的

look

看

ma·chine

機器

loud

大聲的

ma·gic

神奇的

love·ly

可愛的

mail·man

郵差

lunch

午餐

long

長的

mad

瘋狂的

lose

遺失

mail

信件

love

喜愛

make

製作

low

低的

man

男人

mask

面具

map

地圖

math

數學

mark

做記號

may

可能

mar·ket

市場

may·be

也許

mat

墊子

ma·ny

許多的

mat·ter

事情

March

三月

May

五月

mar·ker

簽字筆

meal

一餐

mar·ried

已婚的

mean

意指

milk

牛奶

me·di·cine

藥

mind

介意

meet

遇見

Miss

小姐

me·nu

菜單

mis·take

錯誤

mil·lion

百萬

meat

肉

mi·nute

分鐘

me·di·um

中號

miss

想念

mee·ting

會議

mo·dern

現代化的

mile

哩

mo·ment

片刻

mor·ning

早上

mo·ney

錢

mo·ther

母親

month

月份

moun·tain

山

mop

拖地

mouth

嘴巴

most

大多數的

Mon·day

星期一

mo·tor·cy·cle

機車

mon·key

猴子

mouse

老鼠

moon

月亮

move

移動

more

更多的

mo·vie

電影

mu·sic

音樂

Mrs.

太太

nail

釘子

Ms.

女士

na·tio·nal

國家的

mud

泥

neck

脖子

🎧 *track 0666*

must

必須

🎧 *track 0658*

Mr.

先生

🎧 *track 0668*

name

名字

🎧 *track 0660*

MRT

捷運

🎧 *track 0670*

near

在……附近

🎧 *track 0662*

much

許多的

🎧 *track 0672*

need

需要

🎧 *track 0664*

mu·se·um

博物館

neigh·bor

鄰居

nine·teen

十九

new

新的

nine·ty

九十

next

下一個

no

沒有

night

晚上

nod

點頭

nine·teenth

第十九

ne·ver

從不

ninth

第九

news

消息

no·bo·dy

無一人

nice

好的

noise

噪音

nine

九

noo·dle

麵條

no·tice

注意到

north

北方

now

現在

not

不

nurse

護士

note·book

筆記本

Oc·to·ber

十月

track 0698

No·vem·ber

十一月

track 0690

noon

中午

track 0700

num·ber

號碼

track 0692

nose

鼻子

track 0702

o'·clock

點鐘

track 0694

note

筆記

track 0704

of

……的

track 0696

no·thing

沒什麼

off

自……離開

once

一次

of·fi·cer

警官／官員

on·ly

只

oil

油

or

或

old

老的

or·der

點餐

track 0714

one

一

 *track 0706*

of·fice

辦公室

 track 0716

o·pen

打開

 *track 0708*

o·ften

時常

track 0718

o·range

柳橙

track 0710

OK

可以

track 0720

o·ther

其他的

track 0712

on

在……上面

out

在外

paint

繪畫

o·ver

結束

pants

長褲

ox

公牛

pa·per

紙

pa·ckage

包裹

park

公園

track 0730

pair

一雙

track 0722

out·side

在……外面

track 0732

pa·pa·ya

木瓜

track 0724

own

自己的

track 0734

pa·rent

父（母）親

track 0726

pack

包

track 0736

part

部分

track 0728

page

頁

par·ty

🎧 *track 0737*

派對

pen

🎧 *track 0745*

筆

past

🎧 *track 0739*

經過

peo·ple

🎧 *track 0747*

人們

pay

🎧 *track 0741*

付錢

per·son

🎧 *track 0749*

人

peach

🎧 *track 0743*

桃子

pho·to

🎧 *track 0751*

相片

pen·cil

鉛筆

pass

通過

per·haps

或許

paste

黏貼

pet

寵物

PE

體育

pi·a·no

鋼琴

pear

梨子

pick

撿拾

pipe

管

pic·ture

圖片

place

地方

piece

片

pla·net

行星

pin

大頭針

plate

盤子

piz·za

披薩

pic·nic

野餐

plan

計畫

pie

派

plant

植物

pig

豬

play

玩

pink

粉紅色（的）

play·er

選手

po·lite

有禮貌的

plea·sure

樂趣

pool

游泳池

p.m.

下午

pop·corn

爆米花

point

指著

pork

豬肉

pond

池塘

play·ground

操場

poor

貧困的

please

請

po·pu·lar

受歡迎的

po·cket

口袋

pos·si·ble

可能的

po·lice

警察（方）

post of·fice

郵局

pret·ty

漂亮的

pot

罐

prin·cess

公主

prac·tice

練習

prob·lem

問題

pre·pare

準備

proud

驕傲的

price

價格

post·card

明信片

prize

獎

pound

磅

pro·gram

節目

pray

祈禱

pub·lic

公立的

pre·sent

禮物

pull

拉

quick

迅速的

pur·ple

紫色的

quite

相當

put

放

rab·bit

兔子

queen

皇后

ra·di·o

收音機

🎧 *track 0810*

qui·et

安靜的

🎧 *track 0802*

pump·kin

南瓜

🎧 *track 0812*

quiz

小考

🎧 *track 0804*

push

推

🎧 *track 0814*

race

賽跑

🎧 *track 0806*

quar·ter

一刻鐘

🎧 *track 0816*

rail·road

鐵路

🎧 *track 0808*

ques·tion

問題

rain

下雨

re·al·ly

真地

rai·ny

下雨的

red

紅色（的）

rat

老鼠

re·mem·ber

記得

rea·dy

準備好的

re·por·ter

記者

🎧 *track 0826*

re·cor·der

錄音機

🎧 *track 0818*

rain·bow

彩虹

🎧 *track 0828*

re·fri·ge·ra·tor

冰箱

🎧 *track 0820*

raise

舉起

🎧 *track 0830*

re·peat

重複

🎧 *track 0822*

read

讀

🎧 *track 0832*

rest

休息

🎧 *track 0824*

re·al

真的

res·tau·rant

餐館

road

道路

rice

米飯

ROC

中華民國

ride

騎

roll

滾

ring

戒指

rol·ler·skate

溜冰

ro·bot

機器人

rest·room

洗手間

rock

岩石

rich

有錢的

room

房間

right

右方

rope

繩子

ri·ver

河

rose

玫瑰

sail

航行

row

划（船）

sale

出售

ru·ler

尺

salt

鹽

sad

悲傷的

sand·wich

三明治

track 0858

sa·lad

沙拉

track 0850

round

圓形的

track 0860

sales·man

推銷員

track 0852

rule

規則

track 0862

same

相同的

track 0854

run

跑

track 0864

Sa·tur·day

星期六

track 0856

safe

安全的

track 0865

sa·cred

神聖的

track 0873

sea·son

季節

track 0867

say

說

track 0875

se·cond

第二

track 0869

sci·ence

科學

track 0877

see

看

track 0871

screen

螢幕

track 0879

see·saw

蹺蹺板

seat

座位

save

節省

se·cre·ta·ry

秘書

school

學校

seed

種子

scoo·ter

速克達機車

sel·dom

很少

sea

海

sell

賣

se·ven·teen

十七

se·nior high school

高中

se·venth

第七

Sep·tem·ber

九月

se·ve·ral

幾個的

set

（電視）機

shall

將

se·ven·teenth

第十七

send

寄

se·ven·ty

七十

sen·tence

句子

shake

搖動

se·ri·ous

嚴重的

shape

形狀

se·ven

七

share

分享

shop·keep·er

店主

she

她

shorts

短褲

ship

船

shoul·der

肩膀

shoe

鞋子

show

指示

short

短的

shark

鯊魚

should

應該

sheep

綿羊

shout

喊叫

shirt

襯衫

shy

害羞的

shop

商店

sick

生病的

sing·er

歌手

side·walk

人行道

sis·ter

姊妹

sign

標誌

six

六

since

自從

six·teenth

第十六

sir

先生

side

旁邊

sit

坐

sight

視力

six·teen

十六

sim·ple

簡單的

sixth

第六

sing

唱歌

six·ty

六十

slow

慢的

skate

溜冰

smart

聰明的

sky

天空

smile

微笑

slide

溜滑梯

snack

點心

track 0938

small

小的

track 0930

size

尺寸

track 0940

smell

聞起來

track 0932

skirt

裙子

track 0942

smoke

煙

track 0934

sleep

睡覺

track 0944

snake

蛇

track 0936

slim

苗條的

snow

track 0945

下雪

some

track 0953

一些

snow·y

track 0947

下雪的

some·thing

track 0955

某事

soc·cer

track 0949

足球

some·where

track 0957

某處

so·fa

track 0951

沙發

song

track 0959

歌曲

some·one

某人

snow·man

雪人

some·times

有時候

so

如此地

son

兒子

socks

襪子

soon

不久

sol·dier

軍人

sore

疼痛的

spe·cial

特別的

sound

聽起來

spend

花費

south

南方

spoon

湯匙

spa·ghet·ti

義大利麵

spring

春天

spell

拼字

sor·ry

抱歉

spi·der

蜘蛛

soup

湯

sport

運動

space

空間

square

正方形的

speak

說

stairs

樓梯

still

仍然

stand

站立

stop

停

start

開始

straight

直的

stay

停留

strange

奇怪的

sto·mach

胃

stamp

郵票

store

商店

star

星星

story

故事

sta·tion

車站

stran·ger

陌生人

steak

牛排

straw·ber·ry

草莓

su·gar

糖

strong

強壯的

sun

太陽

stu·dy

研讀

sun·ny

晴朗的

sub·ject

科目

sure

確定的

sum·mer

夏天

street

街道

Sun·day

星期日

stu·dent

學生

su·per·mar·ket

超市

stu·pid

笨的

surf

衝浪

suc·cess·ful

成功的

sur·prise

使驚訝

Tai·wan

臺灣

swea·ter

毛衣

talk

說話

swim

游泳

tape

錄音帶

ta·ble

桌子

ta·xi

計程車

🎧 *track 1018*

take

拿

🎧 *track 1010*

sur·prised

感驚訝的

🎧 *track 1020*

tall

高的

🎧 *track 1012*

sweet

甜的

🎧 *track 1022*

taste

品嚐

🎧 *track 1014*

swing

鞦韆

🎧 *track 1024*

tea

茶

🎧 *track 1016*

tail

尾巴

teach

教

ten

十

team

團隊

tenth

第十的

te·le·phone

電話

test

考試

tell

告訴

thank

謝謝

ten·nis

網球

tea·cher

教師

ter·ri·ble

可怕的

teen·a·ger

青少年

than

比……

te·le·vi·sion

電視

that

那個

tem·ple

寺廟

the

這／那

thing

事情

then

那時

third

第三

these

這些

thir·teen

十三

thick

厚的

thir·ty

三十

think

想

the·a·ter

戲院

thirs·ty

口渴的

there

那裡

thir·teenth

第十三

they

他們

this

這個

thin

瘦的

throat
🎧 *track 1057*

喉嚨

ti·dy
🎧 *track 1065*

整潔的

those
🎧 *track 1059*

那些

tie
🎧 *track 1067*

領帶

thou·sand
🎧 *track 1061*

千

tired
🎧 *track 1069*

疲倦的

Thurs·day
🎧 *track 1063*

星期四

toast
🎧 *track 1071*

土司

ti·ger

老虎

throw

丟

time

時間

though

雖然

to

到

three

三

to·day

今天

ti·cket

票

toe

腳趾

to·tal

總計

to·ma·to

番茄

tow·el

毛巾

to·night

今晚

toy

玩具

tooth

牙齒

train

火車

touch

碰觸

to·ge·ther

一起

town

城鎮

to·mor·row

明天

traf·fic

交通

too

也

trash

垃圾

top

頂端

treat

請客

T·shirt

T恤

trick

惡作劇

Tues·day

星期二

trou·ble

麻煩

turn

轉動

true

真實的

twelfth

第十二

tub

浴缸

tree

樹

tur·key

火雞

trip

旅行

tur·tle

烏龜

truck

卡車

twelve

十二

try

嘗試

twen·ty

track 1105

二十

un·der

track 1113

在……之下

twice

track 1107

兩次

un·hap·py

track 1115

不快樂的

type

track 1109

打字

un·til

track 1117

直到

um·brel·la

track 1111

雨傘

USA

track 1119

美國

un·der·stand

了解

twen·ti·eth

第二十

u·ni·form

制服

two

二

up

向上

ty·phoon

颱風

use

使用

un·cle

伯（叔）

use·ful

有用的

vi·sit

參觀

va·ca·tion

假期

wait

等待

ve·ry

非常

wai·tress

女服務生

vi·de·o

影像的

walk

走路

voice

聲音

u·su·al·ly

通常

wai·ter

男服務生

ve·ge·ta·ble

蔬菜

wake

醒來

vest

背心

wall

牆壁

vi·o·lin

小提琴

wal·let

皮夾

way

道路

warm

溫暖的

weak

弱的

watch

看

wea·ther

天氣

wa·ter·me·lon

西瓜

week

星期

we

我們

want

想要

wear

穿

wash

清洗

Wednes·day

星期三

wa·ter

水

week·end

週末

wave

波浪

track 1153

wel·come

受歡迎的

track 1161

whe·ther

是否

track 1155

west

西方

track 1163

white

白色（的）

track 1157

whale

鯨魚

track 1165

whose

誰的

track 1159

when

何時

track 1167

wife

妻子

which

哪一個

well

好地

who

誰

wet

濕的

why

為什麼

what

什麼

will

將

where

何處

win

贏

with·out

沒有

win·dow

窗戶

won·der·ful

極好的

win·ter

冬天

work

工作

wish

希望

wor·ker

工人

wo·man

女人

wind

風

word

字

win·dy

多風的

work·book

作業本

wise

明智的

world

世界

with

和

wor·ry

擔心

yes·ter·day

昨天

wri·ter

作家

you

你（們）

yard

庭院

yum·my

好吃的

yel·low

黃色（的）

ze·ro

零

yet

尚未

write

寫

young

年輕的

wrong

錯誤的

ze·bra

斑馬

year

年

zoo

動物園

yes

是